# Analyse de l'œuvre

Par Sarah Ponzo

# Grand frère

de Mahir Guven

lePetitLittéraire.fr

Analyse de l'œuvre
Par Sarah Ponzo

# Grand frère

de Mahir Guven

# Rendez-vous sur lepetitlitteraire.fr et découvrez :

Plus de 1200 analyses
Claires et synthétiques
Téléchargeables en 30 secondes
À imprimer chez soi

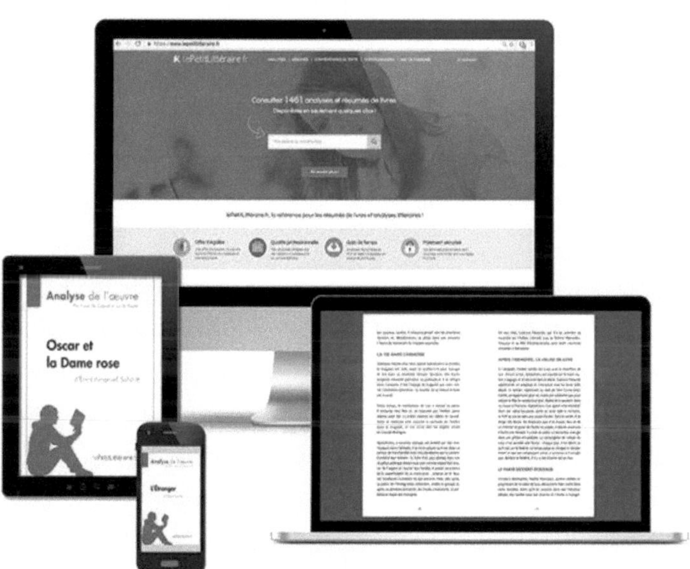

# MAHIR GUVEN

## ÉCRIVAIN FRANCO-TURQUE

- **Né apatride en 1986 à Nantes**
- ***Grand frère* est son premier roman**

Écrivain franco-turc né en 1986 à Nantes, Mahir Guven écrit son premier roman en 2017. Son histoire personnelle fait écho à son écrit : né apatride d'une mère turque et d'un père kurde, il n'aura de cesse de chercher sa place dans la société, tout comme le personnage principal de son roman. Salué par la critique, *Grand frère* a obtenu diverses récompenses en 2018 dont le prix Première, le prix Régine Deforges ainsi que le prix Goncourt du Premier roman. Son style percutant et incisif tout comme la thématique traitée ont fait rentrer ce roman dans l'univers prestigieux de la littérature française.

Parallèlement à ce métier d'écrivain, il participe au journal *Le 1* (hebdomadaire lancé en 2014 par Éric Fottorino et Laurent Greilsamer ; il traite de sujets d'actualité à travers le regard d'écrivains, de chercheurs, d'anthropologues, etc.) qu'il décide de quitter en avril 2018 pour se consacrer à ses projets. Il collabore actuellement à la revue *America*, lancée en 2017 par Éric Fottorino et François Busnel, trimestriel français consacré aux États-Unis pendant la durée du mandat de Donald Trump.

# *GRAND FRÈRE*

## UNE QUÊTE D'IDENTITÉ AU CŒUR DU XXIᵉ SIÈCLE

- **Genre :** roman
- **Édition de référence** : *Grand frère*, Paris, Éditions Philippe Rey, 2017, 270 p.
- **1ʳᵉ édition :** 2017
- **Thématiques :** intégration sociale, banlieues, terrorisme, radicalisation, humanitaire, ubérisation, religion

Publié en 2017, ce premier roman a été très largement salué par la critique, autant pour sa qualité littéraire que pour la justesse de traitement des thématiques abordées. Très ancré dans le réel, il fait largement écho aux crises que connait actuellement la France : montée en puissance du terrorisme, ubérisation de la société et quête perpétuelle d'intégration sociale.

L'histoire se déroule dans une banlieue de Paris où règne une ambiance délétère, quelque temps après les attentats de *Charlie Hebdo* (7 janvier

2015) et du 13 novembre 2015. Le roman est construit en une alternance de chapitres : ceux consacrés au grand frère et ceux qui s'intéressent au petit frère.

À l'aide du style direct et du phrasé si distinctif des jeunes de banlieue, Mahir Guven parvient à donner un rythme particulier à l'ensemble de l'ouvrage.

# RÉSUMÉ

## UN RETOUR INATTENDU

Grand frère, qui se prénomme en réalité Azad, chauffeur VTC Uber à Paris, attend comme chaque jour des clients potentiels. Entre chaque passager, l'attente se fait sentir et c'est l'occasion pour lui, et indirectement pour nous, de se replonger dans son passé et découvrir son histoire. Son petit frère, qui s'appelle Hakim, est parti en Syrie depuis trois ans au moment où débute le récit, officiellement pour participer à un projet humanitaire.

Rapidement, nous comprenons que Grand frère le soupçonne d'avoir quitté la France pour faire le djihad en Syrie. Une rancœur tenace trouble ses pensées : il en veut terriblement à son frère de son départ. Un soir, alors qu'il fume une cigarette après avoir déposé son client à la gare routière de Bagnolet, un car en provenance de Cologne s'arrête non loin de lui. Un groupe de jeunes descend et s'avance vers sa voiture. Un jeune homme se détache, monte dans une Citroën noire ; la scène n'a duré que qu'une poignée de secondes, mais Azad en est persuadé : cet homme est son frère ! Il décide de suivre le véhicule pour en avoir le cœur net.

## UNE PLONGÉE DANS LE PASSÉ

Après une course poursuite infructueuse, Azad se remémore son enfance et son adolescence aux côtés de ce frère longtemps chéri et à présent haï. Ils ont grandi dans une banlieue parisienne, éduqués par un père opposé à toute forme de religion et une mère aimante, mais affaiblie par la maladie. Un 8 septembre, alors qu'ils étaient encore de jeunes garçons, leur mère décède tragiquement après une violente dispute entre leur père et leur grand-mère paternelle, mettant ainsi fin à leur enfance. Cette mort dramatique va conditionner la vie des deux hommes : l'un (Azad) va se renfermer sur lui-même et évacuer son chagrin en adoptant la vie d'un jeune caïd, alors que l'autre (Hakim) décide d'entreprendre des études d'infirmier pour sauver des vies. Azad, devenu dealer, se fait arrêter par la police.

Un accord est trouvé avec l'un des policiers : pour échapper à la prison, il accepte de devenir leurs yeux et leurs oreilles. Quant à Hakim, infirmier à l'hôpital européen Georges-Pompidou à Paris, il rencontre à l'occasion d'un colloque un chirurgien engagé dans une ONG et décide de partir faire de l'humanitaire dans les pays en guerre, notamment en Syrie. Un soir, quelqu'un sonne à sa porte : le doute n'est plus permis, c'est bien son frère qui se trouve face à lui.

## LE DILEMME

Passée la stupeur des retrouvailles avec son frère, Azad commence sérieusement à se poser des questions sur les motivations de son retour. Pourquoi ne veut-il pas voir son père après trois ans d'absence ? Est-il vraiment parti en Syrie pour faire de l'humanitaire ? Pourquoi ce retour soudain en France ? Toutes ces questions deviennent plus brûlantes encore lorsqu'il discute avec un avocat, frère d'un de ses amis de banlieue, et surtout avec le policier avec lequel il collabore pour faire avancer des enquêtes.

Si le retour de son frère en France est passé inaperçu, il était plus que prévisible : l'avocat et le policier mettent Azad en garde sur les risques que lui-même encoure à protéger son frère, fugitif aux yeux de la loi française. Le jeune homme hésite : doit-il continuer à protéger son frère ou bien le dénoncer aux services de gendarmerie ? Peut-on renier son frère, son propre sang, pour se protéger soi-même ?

## LA NÉCESSAIRE FUITE

Après réflexion, Azad décide de croire son frère, même si le doute persiste. C'est pourquoi il réfléchit à la manière dont il peut le sauver, et ne voit d'autre solution que la fuite. Il échafaude un plan : ils partiront au Portugal, où l'un de ses amis possède une maison de campagne isolée, et repartiront à zéro. Il planifie le jour et l'heure exacte du départ. Quelques jours avant, alors qu'il avait mis de côté son travail de chauffeur VTC pour privilégier ses retrouvailles avec son frère, il décide de reprendre sa routine afin de ne pas éveiller les soupçons de la police. En effet, bien qu'il ait acquis le statut d'indic, il reste sur-veillé. De plus, il souhaite amasser un maximum d'argent en vue de leur départ. Azad contacte des connaissances afin d'établir un faux passe-port ainsi qu'une fausse carte d'identité pour son frère. Il compte l'accompagner jusqu'au Portugal, puis retourner en France quelque temps avant de le rejoindre définitivement. Mais le doute persiste tandis qu'un événement tragique est en train de se préparer en France, auquel son frère n'est peut-être pas totalement étranger.

## LA DURE RÉALITÉ

Le jour du départ pour le Portugal, son frère quitte le domicile aux aurores et lui dérobe sa voiture. Azad pressent qu'un événement se trame et craint que ses doutes se révèlent exacts : son frère n'est pas celui qu'il croyait. Il s'efforce tant bien que mal de continuer à travailler, espérant secrètement que son frère sera au rendez-vous le soir même, mais il a le terrible pressentiment qu'Hakim est bel et bien un terroriste. Malgré ses appels, le jeune homme ne décroche pas...

Alors qu'il s'est assis sur un banc en plein cœur de Paris, n'ayant pas le courage de travailler, Azad reçoit une alerte info sur son téléphone : un attentat a eu lieu, une voiture a explosé. Aussitôt, il a l'intuition qu'il s'agit de sa voiture, volée ce matin par son frère...

# ÉTUDE DES PERSONNAGES

## LA FAMILLE DE GRAND FRÈRE

### Grand frère

Grand frère, qui s'appelle en réalité Azad, est un des protagonistes principaux de ce roman. C'est un jeune homme bientôt trentenaire au moment où s'ouvre le récit. Il travaille comme chauffeur VTC Uber en Seine-Saint-Denis et vit seul. Sa dextérité au volant lui a valu le surnom de Pilote. Ancienne petite frappe, il échappe de peu à la prison et devient indic pour la police et plus particulièrement pour un policier surnommé Le Gwen. Le jeune homme a longtemps vécu dans le giron familial, mais à la mort de sa mère, les relations se sont délitées avec les autres membres de la famille.

Son rituel du vendredi, auquel il ne peut déroger, consiste à déjeuner avec son père, avec lequel les liens se sont distendus depuis le départ de son petit frère pour la Syrie. Sa vie professionnelle tout comme sa vie personnelle ne sont guère stables. Sans petite amie officielle (même s'il fréquente une jeune fille régulièrement), sans revenus fixes, Azad s'efforce tant bien que mal de combiner sa vie en banlieue auprès de ses compagnons d'infortune avec une vie en société « classique ».

## Petit frère

C'est le deuxième protagoniste principal. Nous apprenons à la fin du roman qu'il s'appelle Hakim, mais tout le monde le surnomme Pansement en raison de son travail d'infirmier. Frère d'Azad, il évolue dans une famille aimante. Promis à un bel avenir dans le milieu hospitalier, il a mené des études d'infirmier et exerce au sein de l'Hôpital Georges-Pompidou. Cependant, une mauvaise rencontre va le dévier de ce chemin tout tracé. Sa grand-mère paternelle lui inculque les bases de l'islam et il se découvre rapidement une véritable passion pour la religion, bien que son père ait tou-jours refusé de leur apprendre la moindre prière.

Ce grand enthousiasme pour le fait religieux va le rapprocher des imams de sa banlieue, qui le confortent dans son idée de défendre la cause syrienne. Il devient de plus en plus évident pour lui qu'il veut travailler pour une ONG : il a d'ailleurs passé un entretien chez Médecins sans frontières. C'est lors d'un colloque infirmier à Strasbourg qu'il va faire la rencontre de M. Bedrettin, qui l'embarquera en Syrie. Au moment où débute le récit, il a disparu depuis 3 ans, officiellement dans un but humanitaire, mais le doute plane tout le long du roman sur ses véritables intentions.

## Le père

Père d'Azad et Hakim, nous ne connaissons pas son prénom. Né en Syrie dans une grande famille (cinq sœurs et un frère), il a fui son pays pour des raisons politiques : il collait des affiches contre le régime en place et s'est fait prendre par les hommes du père de Bachar el-Assad, Hazef el-Assad, président syrien de 1971 jusqu'à sa mort, en 2000. En guise de sanction, ceux-ci lui ont coupé un doigt. Une punition relativement clémente puisque son grand frère a disparu et son cousin a subi des tortures beaucoup plus violentes. Il est arrivé en France dans les années 1980 afin de poursuivre ses études. I l donne des cours de français au sein de l'Institut des langues orientales, où il rencontre sa future femme. Il obtient un doctorat malgré son français approximatif et, lors de la fermeture annuelle d'été de l'Université, officie comme chauffeur de taxi de nuit. Il entretient une relation assez conflictuelle avec sa mère, qu'il recueille en juin 1998 suite aux conflits en Syrie. Une violente dispute va éclater entre eux en septembre sur la question religieuse, et c'est ce même jour que sa femme décède. Depuis lors, il travaille comme chauffeur de taxi à temps plein, possède sa propre plaque d'immatriculation et approche de l'âge de la retraite. Il voit d'un mauvais œil le fait que son fils préfère être chauffeur Uber plutôt que d'hériter de sa plaque de chauffeur de taxi. Il croit dur comme fer que son jeune fils Hakim va revenir de son périple humanitaire.

## La mère

Nous ne connaissons pas non plus son prénom. Nous savons simplement qu'elle est française, bretonne précisément, et qu'elle se rend à Paris pour y faire ses études. Elle étudie au sein de l'Institut des langues orientales où elle rencontre son futur époux, qui était alors son professeur. Sa mère habite à Saint-Malo où Hakim et Azad allaient régulièrement lorsqu'ils étaient enfants afin de passer des vacances dans la région où ils ont leurs racines.

Elle souffre de migraines à répétition qui laissent présager un mal plus féroce la rongeant de l'intérieur. Très affaiblie, elle décède le 8 septembre après avoir calmé son mari lors d'une violente dispute avec la mère de ce dernier. Cela fait plus de 18 ans qu'elle est décédée lorsque le roman débute et malgré tout, elle est omniprésente dans l'histoire : le lecteur perçoit rapidement que ce décès tragique a conditionné la psychologie des autres personnages.

## La grand-mère paternelle

Zahié, la grand-mère paternelle d'Azad et Hakim, arrive en France dans les années 1990 suite aux conflits qui font rage dans son pays, la Syrie. Lors de son séjour chez son fils, elle va apprendre l'arabe à sa belle-fille et les rudiments de l'islam à ses petits-enfants, malgré l'interdiction formelle de son fils de leur apprendre la religion qu'il « rejette ».

Un matin de septembre, son fils s'en prend violemment à elle après avoir assisté aux prières qu'elle fait exécuter à Aazad et Hakim. Le même jour, sa belle-fille meurt tragiquement. Son fils ne pouvant plus s'occuper d'elle à plein temps, il décide de la placer en maison de retraite à l'Ouest de Paris. Malgré leurs différends, son fils lui paie une pension assez luxueuse pour qu'elle finisse sa vie dignement, la famille constituant une valeur sacrée à leurs yeux.

## L'ENTOURAGE PROCHE DE GRAND FRÈRE

### Le Gwen

Le Gwen est un policier avec qui Azad entre en relation tous les premiers mercredis du mois. Pour éviter la prison, le jeune homme a en effet accepter de donner des renseignements sur les bandes de jeunes de banlieue, dans diverses affaires de stupéfiants et de cambriolages, mais aussi dans le cadre de possibles radicalisations. En échange de ces renseignements, Le Gwen aide Azad lorsqu'il fait face à des situations délicates.

Azad lui doit beaucoup puisque c'est le policier qui va l'aider à trouver un travail par le biais d'un de ses amis. Il l'aidera également à trouver un logement social en faisant pression auprès de l'administration. Il va de nouveau l'aider en lui permettant de ne pas perdre son travail bien qu'il n'ait plus de point sur son permis. Azad le considère comme son deuxième père : il connait tout de sa famille et ses antécédents. Aussi, lorsqu'il lui parle de la possibilité que son frère soit de retour, il le met en garde sur le fait qu'il puisse être considéré comme complice s'il ne le dénonce pas.

## Mehmet

Mehmet est le meilleur ami d'Azad, il est turc et dirige le restaurant *Le 120* où tous les chauffeurs de taxi se retrouvent quotidiennement pour se sustenter et échanger. Azad le surnomme « Demytho » parce qu'il raconte toujours des demi-mensonges. Les informations qu'il donne comprennent toujours une part de vrai et une part de faux. D'ailleurs, c'est Mehmet qui va prévenir Azad qu'une possible attaque terroriste est en train de se préparer en banlieue.

# LES PERSONNAGES PROCHES DE PETIT FRÈRE

## Bedrettin

Il est membre de l'ONG *Islam & Peace* qui donne une conférence sur les soins en situation de guerre lors d'un colloque à l'Hôpital de Strasbourg. Il a passé son enfance en Turquie avant d'arriver en France vers dix-sept ans pour continuer ses études. Il a passé le baccalauréat à vingt-et-un ans puis s'est orienté vers des études de médecine. Lorsque la guerre en Syrie éclate, il décide de quitter son poste à Strasbourg pour s'engager auprès de l'ONG *Islam & Peace*, qui vient en aide à la population syrienne. Il devient le mentor d'Hakim lorsque celui-ci s'engage à son tour dans l'organisation. C'est aussi Bedrettin qui lui apprend le métier de chirurgien de guerre et lui confie de plus en plus de responsabilités. Peu de temps après leur arrivée en Syrie Bedrettin va se déployer dans un autre village, laissant à Hakim les rênes de l'hôpital.

## Barbe blonde

Il s'agit d'un surnom qu'Hakim lui donne, nous ne connaissons pas son vrai prénom. Il s'agit évidemment d'une variante de Barberousse, appellation attribuée au corsaire ottoman Khizir Khayr ad-Dîn. Barbe blonde est l'émir qui règne sur le quartier Al-bab, en Syrie, où Hakim va se retrouver avec l'ONG *Islam & Peace*. Il noue une relation particulière avec Hakim lorsque ce dernier sauve sa belle-sœur au moment de son accouchement.

Il lui trouve une femme, Leila, ainsi qu'une maison. Au départ de Bedrettin pour Mayadin, village à l'ouest de la Syrie, Barbe blonde devient l'interlocuteur officiel de l'ONG *Islam & Peace*. Il enrôle Hakim dans des missions qui dépassent largement le cadre du travail qu'il était supposé mener en Syrie : le jeune homme participe en effet en tant qu'infirmier à des commandos meurtriers. C'est aussi Barbe Blonde qui renvoie Hakim en France à l'aide d'un faux passeport syrien afin qu'il commette des attentats sur le territoire français.

# CLÉS DE LECTURE

## LA PUISSANCE DE LA LANGUE

La question de la langue occupe une place primordiale dans l'histoire de la littérature. Au cours des années 2000 a émergé une littérature dite « de banlieue », dont fait certainement partie le roman *Grand frère*.

Avec l'essor rapide des villes au cours des XIXe et XXe siècles ont émergé les banlieues et les faubourgs. À partir des années 50 et de l'arrivée des immigrés sur le territoire français, un vocabulaire propre aux jeunes générations se développe en périphérie de la ville, qui aura un impact sur l'évolution de la langue française tout comme sur la littérature. En effet, les écrivains issus de l'immigration maghrébine situent leur production littéraire en marge de ce qui se fait habituellement, en ayant recours à la langue oralisée.

Grâce à l'utilisation de ce langage oralisé, qui se manifeste par des éléments de langage ou encore des signes de ponctuation spécifiques, le lecteur a la sensation de se retrouver face aux personnages qui peuplent le roman : « Ça faisait quelque temps que des gars chelous avaient débarqué près de chez nous. Ils kiffaient trop la mosquée. » (p. 149)

L'auteur prend soin de restituer le langage familier propre aux jeunes de banlieue (le verlan) et des dialectes, mélange de français et d'arabe, qui nous plongent directement au cœur de cette famille franco-syrienne et impriment un rythme à part :

> « Écouté, ibni. « Ibni », c'est « fiston » dans le dialecte arabo-syrien de mon reup. » (p. 29)

Le langage a une importance doublement significative dans ce roman puisqu'il apparait également comme vecteur d'une identification et d'une intégration au cœur de la société. L'on voit à quel point le français est important pour le père bien qu'il le parle approximativement, car c'est par l'apprentissage de la langue qu'il a pu s'intégrer en France. En revanche, pour ce qui est de Grand frère, l'utilisation du verlan ou encore de l'argot dénote cette volonté farouche de s'émanciper par le langage : « Quelque fois, on m'a pris en filat, mais tu me connais, j'ai vesqui en 3-5-7. » (p. 226)

Un tel langage est employé par Mahir Guven afin de mettre en évidence la réalité du milieu dans lequel les personnages évoluent. En effet, des personnages issus des banlieues, en quête perpétuelle d'identité et de reconnaissance aux yeux de la société, n'auraient pu utiliser un langage « classique » qui n'aurait pas été représentatif de ce qu'ils vivent.

C'est d'ailleurs la raison pour laquelle l'auteur nous propose un glossaire à la fin de l'ouvrage afin de nous permettre de nous approprier ce langage qui, par bien des égards, nous est relativement inconnu, notamment lorsqu'il est question de l'arabe. « Chers lecteurs, pour vous faciliter la lecture et vous faire découvrir le vocabulaire énergique et vivant d'une partie de la jeunesse, voici un glossaire. » (p. 265).

## À LA RECHERCHE DE SON IDENTITÉ

Une des thématiques centrales de ce roman est la quête perpétuelle d'identité au cœur de cette société française qui n'est pas totalement celle des personnages principaux ou qui, du moins, ne semble pas les inclure tel qu'ils le souhaiteraient.

> « Pas de colonne vertébrale : ni vraiment français, ni vraiment syriens, ni vraiment autochtones, ni vraiment immigrés, ni chrétiens, ni musulmans. Des métèques sans savoir pourquoi on l'est. Mon père a pas raconté sa moitié de l'histoire, du coup il manque des épisodes et on imagine le reste. (...) Comment retrouver son chemin quand on sait pas d'où l'on vient ? » (p. 72)

Ceci fait parfaitement écho à ce que peuvent ressentir les apatrides au sein de toute société, et pas uniquement en France. On comprend parfaitement à quel point l'origine est importante aux yeux de ces jeunes de banlieue. Ils ne peuvent se construire correctement s'il leur manque une partie de leur propre histoire :

> « Tout ce que je sais, c'est que les gars des quartiers ils font comme chacun de nous dans cette société, ils reproduisent la vie de leurs parents. Ici, mis à part les quelques rappeurs et les sportifs, des arbustes qui cachent une forêt de robots, on a pas fait ce qu'on rêvait de

> faire. Comme nos parents, rheylito... Le monde tourne, et son équilibre est perpétuel. » (p. 100)

Néanmoins, ils sont également très lucides sur leur cas, tentent par tous les moyens de trouver leur place, notamment à travers le travail : « (...) C'est pourri, rhey ! Le costard ? C'est pourri, rhey ! Ça pue la merde, mais il faut faire avec, parce que sans, c'est pire. On te respecte même plus. » (p. 100) En effet, bien qu'Azad ne soit pas le jeune français « type », il fait tout pour s'intégrer : il a un appartement, travaille et paie ses impôts. Il tâche de se faire accepter comme il le peut au sein de cette société française pourtant bien pointilleuse à son égard. Cette thématique de la quête d'identité est largement utilisée dans la littérature : tout un chacun connait la célèbre maxime de Shakespeare « To be or not to be » (Shakespeare, Hamlet) qui est au cœur du questionnement intérieur de chaque être humain. L'identité s'acquiert par le contexte social dans lequel nous évoluons et les relations que nous pouvons entretenir avec les autres.

Il est intéressant de constater que cette quête d'identité proche de l'assimilation à un groupe ne concerne pas le père d'Azad, qui ne veut pas qu'on l'assimile ou l'étiquette. Il n'est ni arabe ni français, mais se revendique avant toute comme un être humain :

> « - Humain moi, wesh ! Comme tu dis, wesh pour tout, mais toujours bête ! Humain, plus important que tout. Même Dieu, il dit pas arabe ou pas arabe (...). » (p. 24) ; « Pourquoi tu vas pas dans association « normale » ? Obligé musulmane ? N'importe quoi ? Important c'est humain ! » (p. 123)

## UN ROMAN ACTUEL

Ce roman s'ancre parfaitement dans l'actualité française et internationale à travers les thématiques qui y sont abordées.

### Le terrorisme

La période à laquelle se situe l'histoire est tout à fait significative, et il est régulièrement fait mention de situations sociopolitiques en France et à l'étranger qui laissent deviner aux lecteurs l'ancrage contemporain du roman : « Mais depuis Charlie et le 13, on est surtout appelés pour des affaires de terrorismes. » (p. 40). Par cette remarque, nous comprenons parfaitement qu'il fait référence aux attaques terroristes qu'a subies la France en 2015. C'est d'autant plus significatif pour le personnage principal qui habite en banlieue, et le raccourci est très vite fait dans la tête des gens. D'autant qu'il a commis des erreurs par le passé et qu'il côtoie des personnes pouvant être en lien avec le terrorisme. C'est d'ailleurs pour cette raison qu'un de ses amis le met en garde : s'il ne veut pas être assimilé à ces terroristes, il ne doit pas se laisser embringuer : « Frère, fais pas des trucs bizarres. Tu sais que cette mosquée, c'est le quai d'embarquement pour le Cham. » (p. 86)

Le terrorisme est une thématique récurrente dans la littérature générale. Bien qu'elle ne soit pas nouvelle, elle est de plus en plus mentionnée dans les romans post-2015. Après ces attaques françaises, un certain nombre de romans traitant des rescapés ou faisant hommage aux victimes sont apparus. Mais *Grand frère* est l'un des rares romans qui traite avec autant de justesse le départ d'un frère pour le djihad. La littérature devient alors une sorte d'exutoire permettant aux auteurs ainsi qu'aux lecteurs de panser leurs blessures, qu'elles soient physiques ou psychologiques.

## Une société ubérisée

La situation sociale qui se délite est tout à fait palpable dans ce roman remettant sur le devant de la scène des questionnements qui ont marqué la société et notamment son ubérisation. Ce qui est remarquable, c'est que Grand frère est le porte-parole de cette nouvelle société, protagoniste dans l'air du temps qui accepte tout type de travail au risque de mettre à mal un pan des acquis sociaux durement obtenus par les générations passées : « Depuis qu'Uber et les plates-formes ont débarqué, ils [les chauffeurs de taxi] ont perdu beaucoup de courses et de clients. Dommage pour eux. Moi, je comprends qu'ils aient la rage, mais c'est en partie leur faute. » (p. 30) ; « Uber a tout compris. C'est facile d'être client, c'est facile d'être chauffeur. » (p. 31)

Néanmoins, il a tout à fait conscience du mal que l'ubérisation cause à la société et ce qui le révolte d'autant plus, c'est que les chauffeurs de taxi se trompent de cible : « Mais bon, en fait les patrons d'Uber, ils sont malins, parce que les taxis, ils nous agressent nous, les chauffeurs de VTC, et pas les types qui ont créé le système et l'entretiennent. » (p. 32)

Le père d'Azad, lui, apparait bien plus réactionnaire face à cette nouvelle technologie qui conditionne la nouvelle société : « La vie pas compliquée. D'accord, toi travailles avec application Uber, téléphone, ek jetera. Mais propriétaire d'Uber, c'est qui ? Tu participer démolir un métier, taxi pour les autres. Si demain, un jour, plus taxi, Uber monopole, c'est pas bon… » (p. 30) Il va même jusqu'à participer aux diverses manifestations des chauffeurs de taxi.

L'ubérisation de la société met également en péril l'économie. Dans ce roman, l'annonce de la fermeture d'une plate-forme de VTC est assez significative des dégâts qui résultent d'une telle stratégie de travail : « On parlait des nouvelles start-up comme de l'avenir de l'économie et, par effet domino, de l'avenir de l'humanité. Alors cette faillite, c'était un événement. Les élites de notre pays, le ministre de l'Économie en chef, votaient massivement pour ces nouvelles entreprises et faisaient adhérer tous les chiens de la casse comme moi. » (p. 172). L'ubérisation de la société met aussi un avant cette course effrénée aux statistiques et aux notes rendant l'être humain esclave de son image : « Certains roulaient déjà pour les deux plates-formes, mais ça obligerait à une gymnastique permanente dans son téléphone, parce qu'on pouvait être missionné en même temps pour deux clients. Et quand on déclinait une course, la note baissait. » (p. 186)

## LA QUESTION RELIGIEUSE

La question de la religion revêt une place importante dans ce roman à travers le personnage du petit frère. C'est d'ailleurs la pratique exacerbée de la religion qui est mise en cause, et non la religion en tant que telle. En effet, c'est lorsque Hakim s'enferme de plus en plus dans sa foi que le danger se précise : « Au fur et à mesure que la guerre avançait, la barbe du petit poussait. » (p. 123). Jusqu'au jour où il cesse toute communication avec les membres de sa famille et décide de partir : « Et, un jour, il a quitté la maison. Pour partir vivre chez un ami (...) Trois jours plus tard, sa ligne téléphonique avait été suspendue. Après quelques semaines sans nouvelles, on a reçu un email. Il était parti pour une mission humanitaire au Mali pour un an. Ça s'était fait très vite, il était parti en urgence. » (p. 124)

Azad a une vision tout à fait lucide de la religion. Pour lui, il est important de se rendre régulièrement à la mosquée, d'autant plus depuis que son frère est parti : « La mosquée, j'y venais depuis que le frère était parti. J'y trouvais des réponses. Ça me faisait du bien » (p. 71). Il ne considère pas la religion comme un mal : chacun doit être libre de s'y intéresser ou de s'en détourner, sans imposer sa vision. C'est ce qu'Azad reproche à son père : « Au fond, si le père avait le job, peut-être que le frère serait pas parti. Le vieux a mis la religion de côté, il en a jamais parlé. » (p. 71)

Néanmoins, même si la religion est importante à ses yeux, le jeune homme est capable de faire la part des choses : « À la mosquée, les prêches étaient un peu à l'ouest. Comme au journal télé, l'imam racontait jamais le monde tel qu'il est. Il voulait être une star que l'on affiche en poster, avant d'être un guide » (p. 72). Il a parfaitement conscience qu'à bien des égards, les prêches effectués par des radicaux sont le reflet d'un dogmatisme exacerbé et néfaste.

Le père quant à lui a toujours été réfractaire à la religion, sans doute parce qu'il a vécu en Syrie durant son enfance et son adolescence. Dans son pays, il a assisté à un repli religieux qui a mené aux pires conflits. C'est en raison de ce traumatisme qu'il a toujours refusé d'inculquer une pratique religieuse à ses enfants, et c'est cette aversion vis-à-vis de la religion qui donnera indirectement lieu au drame familial : la mort de sa femme.

Par le biais des personnages du père et du petit frère, diamétralement opposés, la radicalisation religieuse est parfaitement mise en avant dans ce roman, tout comme la montée en puissance de l'endoctrinement.

# PISTES DE RÉFLEXION

## QUELQUES QUESTIONS POUR APPROFONDIR SA RÉFLEXION...

- Quel effet produit l'alternance des points de vue des deux frères ?
- Dans le roman, Grand frère affirme : « Comment retrouver son chemin quand on sait pas d'où l'on vient » (p.72). Commentez cette phrase dans le contexte du roman.
- Hormis le fait d'être frère, quels types de relations entretiennent Grand frère et Petit frère ? Expliquez de quelle manière elles évoluent au cours du roman et pourquoi.
- Quelles thématiques sont abordées dans ce roman ? Expliquez en quoi elles rendent ce roman très actuel.
- La notion de la religion vous semble-t-elle importante dans le roman ?
- Quels sont les points de vue des différents personnages sur la religion ?
- Tout au long du récit, l'auteur utilise un mélange de verlan et d'arabe. Relevez quelques

exemples. Expliquez pourquoi cela est significatif, dans le contexte du roman.

- En quoi ce roman met-il en avant l'ubérisation
de la société ?

*Votre avis nous intéresse !*
*Laissez un commentaire sur le site de votre librairie en ligne*
*et partagez vos coups de cœur sur les réseaux sociaux !*

# POUR ALLER PLUS LOIN

## ÉDITION DE RÉFÉRENCE

- GUVEN M., *Grand frère*, Paris, Éditions Philippe Rey, 2017.

## ÉTUDES DE RÉFÉRENCE

- MARCU I. M., « L'écriture des auteurs « intran-gers ». À la périphérie de la norme », in *Carnets* (en ligne), Deuxième série – 7, 2016, https://journals.openedition.org/carnets/961.
- DELAS D., « Les parlers jeunes dans deux romans littéraires » in Cairn (en ligne), 2003, https://www.cairn.info/revue-le-francais-aujourd-hui-2003-4-page-89.htm.

**DUMAS**
• Les Trois
  Mousquetaires

**ÉNARD**
• Parlez-leur
  de batailles,
  de rois et
  d'éléphants

**FERRARI**
• Le Sermon sur la
  chute de Rome

**FLAUBERT**
• Madame Bovary

**FRANK**
• Journal
  d'Anne Frank

**FRED VARGAS**
• Pars vite et
  reviens tard

**GARY**
• La Vie devant soi

**GAUDÉ**
• La Mort du
  roi Tsongor
• Le Soleil des
  Scorta

**GAUTIER**
• La Morte
  amoureuse
• Le Capitaine
  Fracasse

**GAVALDA**
• 35 kilos d'espoir

**GIDE**
• Les
  Faux-Monnayeurs

**GIONO**
• Le Grand
  Troupeau
• Le Hussard
  sur le toit

**GIRAUDOUX**
• La guerre de
  Troie
  n'aura pas lieu

**GOLDING**
• Sa Majesté des
  Mouches

**GRIMBERT**
• Un secret

**HEMINGWAY**
• Le Vieil Homme
  et la Mer

**HESSEL**
• Indignez-vous !

**HOMÈRE**
• L'Odyssée

**HUGO**
• Le Dernier Jour
  d'un condamné
• Les Misérables
• Notre-Dame
  de Paris

**HUXLEY**
• Le Meilleur
  des mondes

**IONESCO**
• Rhinocéros
• La Cantatrice
  chauve

**JARY**
• Ubu roi

**JENNI**
• L'Art français
  de la guerre

**JOFFO**
• Un sac de billes

**KAFKA**
• La Métamorphose

**KEROUAC**
• Sur la route

**KESSEL**
• Le Lion

**LARSSON**
• Millenium 1. Les
  hommes qui
  n'aimaient pas
  les femmes

**LE CLÉZIO**
• Mondo

**LEVI**
• Si c'est un
  homme

**LEVY**
• Et si c'était vrai…

**MAALOUF**
• Léon l'Africain

**MALRAUX**
- La Condition humaine

**MARIVAUX**
- La Double Inconstance
- Le Jeu de l'amour et du hasard

**MARTINEZ**
- Du domaine des murmures

**MAUPASSANT**
- Boule de suif
- Le Horla
- Une vie

**MAURIAC**
- Le Nœud de vipères

**MAURIAC**
- Le Sagouin

**MÉRIMÉE**
- Tamango
- Colomba

**MERLE**
- La mort est mon métier

**MOLIÈRE**
- Le Misanthrope
- L'Avare
- Le Bourgeois gentilhomme

**MONTAIGNE**
- Essais

**MORPURGO**
- Le Roi Arthur

**MUSSET**
- Lorenzaccio

**MUSSO**
- Que serais-je sans toi ?

**NOTHOMB**
- Stupeur et Tremblements

**ORWELL**
- La Ferme des animaux
- 1984

**PAGNOL**
- La Gloire de mon père

**PANCOL**
- Les Yeux jaunes des crocodiles

**PASCAL**
- Pensées

**PENNAC**
- Au bonheur des ogres

**POE**
- La Chute de la maison Usher

**PROUST**
- Du côté de chez Swann

**QUENEAU**
- Zazie dans le métro

**QUIGNARD**
- Tous les matins du monde

**RABELAIS**
- Gargantua

**RACINE**
- Andromaque
- Britannicus
- Phèdre

**ROUSSEAU**
- Confessions

**ROSTAND**
- Cyrano de Bergerac

**ROWLING**
- Harry Potter à l'école des sorciers

**SAINT-EXUPÉRY**
- Le Petit Prince
- Vol de nuit

**SARTRE**
- Huis clos
- La Nausée
- Les Mouches

**SCHLINK**
- Le Liseur

**SCHMITT**
- La Part de l'autre
- Oscar et la Dame rose

**SEPULVEDA**
- Le Vieux qui lisait des romans d'amour

**SHAKESPEARE**
- Roméo et Juliette

**SIMENON**
- Le Chien jaune

**STEEMAN**
- L'Assassin habite au 21

**STEINBECK**
- Des souris et des hommes

**STENDHAL**
- Le Rouge et le Noir

**STEVENSON**
- L'Île au trésor

**SÜSKIND**
- Le Parfum

**TOLSTOÏ**
- Anna Karénine

**TOURNIER**
- Vendredi ou la Vie sauvage

**TOUSSAINT**
- Fuir

**UHLMAN**
- L'Ami retrouvé

**VERNE**
- Le Tour du monde en 80 jours
- Vingt mille lieues sous les mers
- Voyage au centre de la terre

**VIAN**
- L'Écume des jours

**VOLTAIRE**
- Candide

**WELLS**
- La Guerre des mondes

**YOURCENAR**
- Mémoires d'Hadrien

**ZOLA**
- Au bonheur des dames
- L'Assommoir
- Germinal

**ZWEIG**
- Le Joueur d'échecs

ISBN version numérique : 9782808014489
ISBN version papier : 9782808014496
Dépôt légal : D/2018/12603/484

Conception numérique : Primento,
le partenaire numérique des éditeurs.

Ce titre a été réalisé avec le soutien de la Fédération Wallonie-Bruxelles, Service général des Lettres et du Livre.